# ¿CUÁNTOS DÍAS FALTAN PARA MI CUMPLEAÑOS?

# ¿CUÁNTOS DÍAS FALTAN PARA MI CUMPLEAÑOS?

## Gus Clarke

TIMUN MAS

*Para Carole.*

Diseño de cubierta: Víctor Viano

Título original: *How Many Days to my Birthday?*
Traducción: Ana Calderón
© 1992 by Gus Clarke
*First published in Great Britain in 1992 by*
*ANDERSEN PRESS LTD., London*
© Editorial Timun Mas, S.A., 1992
Para la presente versión y edición en lengua castellana
ISBN: 84-7722-945-7
Depósito legal: B. 26.363-1992
Impreso en España - *Printed in Spain*
Editorial Timun Mas, S.A. Castillejos, 294 - 08025 Barcelona

—No es justo —dijo Dani—. Todo el mundo
celebra una fiesta de cumpleaños menos yo.

Le parecía que habían pasado siglos desde su
último cumpleaños.

Y decían que Florence, su vecina, ¡ya había celebrado nada menos que seis!

Hasta el gato había celebrado más cumpleaños que él.

—¿Por qué *yo* no puedo tener un cumpleaños?
—quiso saber Dani.

Su madre le dijo que faltaba poco para su cumpleaños. Ella no lo había olvidado.

Pero a Dani le parecía muchísimo tiempo.

—¿Cuántos días faltan para mi cumpleaños?
—preguntaba...

... una y otra vez.

Su madre dijo que lo mejor sería hacer un
calendario. Así Dani podría ir tachando los días.
—¡Qué gran idea! —exclamó Dani.

Y tachó los días.
—Pero *todavía* no es mi cumpleaños —se quejó.

A veces, Dani pensaba que no llegaría nunca.

Pero su madre dijo que sí, que llegaría. (¡Y cuanto antes mejor!)

De modo que Dani envió algunas invitaciones,
sólo a sus mejores amigos.

Y decidió qué quería que le regalaran.

Claro que cambió varias veces de opinión.

Y también hizo un rico pastel...

... e infló globos. De momento, no podía hacer nada más.

Y tuvo que esperar... un poquito más..., hasta que...

—¡Feliz cumpleaños, Dani! —exclamó mamá.

¡Sí! ¡Era su cumpleaños! ¡Por fin había llegado!

—Bueno, Dani —dijo mamá—. ¿Ha valido la pena esperar?

—Sí, mamá —dijo Dani—. Pero mamá...

—¿Cuántos días faltan para ~~Navidad~~ HANUKAH?

# *Guía didáctica*

**La nube de algodón** es una colección que plantea al niño diferentes historias reales o fantásticas que lo divertirán, a la vez que lo harán reflexionar sobre su relación con los demás y su propia conducta.

Las diversas temáticas tratadas en los libros de esta colección pretenden que el niño sea consciente de que no vive solo, sino en sociedad, y de que sus reacciones y comportamientos varían según la situación en la que se encuentre. Asimismo, a través de las distintas narraciones, el niño tomará contacto con sus sentimientos y vivencias. Sin embargo, es evidente que el niño necesita del diálogo y de la relación con el adulto para comprender y asimilar gran parte de su propio mundo y del que lo rodea. En este sentido, los libros de esta colección pueden ser un instrumento de gran ayuda para que el adulto entable un diálogo con el niño y profundice en sus dificultades y sus logros, en lo que le gusta o le preocupa, y así poder ser partícipe de su desarrollo personal.

Para trabajar todo lo comentado, hemos dividido la Guía en dos apartados. En el primero, JUGUEMOS A..., se pretende que el niño tome contacto con algunas de las ideas más interesantes que se desprenden de la lectura del libro a través de varios juegos. Algunos están pensados para que se puedan realizar en casa, y otros, para llevarse a cabo con un grupo más numeroso; sin embargo, en la mayoría de los casos, se pueden adaptar a todas las situaciones. En el segundo apartado, REFLEXIONEMOS SOBRE..., se plantea una serie de interrogantes para que tanto el adulto como el niño piensen y hablen sobre el contenido que nos quiere transmitir el libro.

# Juguemos a...

• ¡Dani ya no puede esperar más! ¡Su cumpleaños no llega nunca! Al igual que el protagonista de esta historia, la mayoría de los niños está deseando «hacerse mayor», cumplir años, y, si es posible, celebrarlo con una fiesta. Pero también es cierto que les cuesta mucho entender el paso del tiempo. Los días de la semana, los meses, las estaciones... pasan frente al niño sin que él tenga realmente conciencia de este devenir del tiempo. La idea que tiene la madre de Dani de hacer un calendario para su hijo es una de las formas de ayudarlo a comprender el transcurso del tiempo. Le propondremos al niño lo mismo y jugaremos *¡A construir un calendario!* (Aquí explicaremos el modelo para realizar un mes, pero puede hacerse extensible a varios.) Le daremos al niño una cartulina que dividiremos en dos partes. En la zona alta sugeriremos que haga un dibujo que tenga relación con el mes en el que está (si es julio, unos niños en la playa; si es noviembre, las hojas que se caen de los árboles; si es...). En la zona inferior dibujaremos unos cuadrados que nos permitan poner el número de todos los días, y encima el día de la semana. Le sugeriremos también que recorte, de revistas, pequeñas figuras que pueda pegar en algunos días del mes: un sol, un paquete de regalo, un árbol de Navidad, una sombrilla de playa, unas flores... Con todo ello, ¡ya puede ir tachando los días que van pasando hasta que llegue el de su cumpleaños!

# Reflexionemos sobre...

El juego *¡A construir un calendario!* nos ha permitido trabajar con el niño el paso del tiempo. La lectura de este libro también nos puede hacer reflexionar sobre cómo les gusta a los pequeños hacerse mayores y que se les vaya considerando como tales, cómo les cuesta terriblemente esperar y que no se cumpla lo que ellos quieren en el mismo momento en que lo desean... Y en relación a los padres, ¿quién no se ha sentido acribillado con la misma pregunta días y días? ¿Quién no le ha intentado explicar una y otra vez algo a su hijo que éste parece no querer comprender? ¿Quién no ha comprado, ilusionado, un regalo para después comprobar que el niño ya ha cambiado de opinión?